KB010621

인생

가벼움이

필요한 이유

인생 가벼움이 필요한 이유

펴 낸 날 2024년 5월 3일

지 은 이 김영춘
펴 낸 이 이기성
기획편집 윤가영, 이지희, 서해주
표지디자인 윤가영
책임마케팅 강보현, 김성욱
펴 낸 곳 도서출판 생각나눔
출판등록 제 2018-000288호
주 소 경기도 고양시 덕양구 청초로 66, 덕은리버워크 B동 1708, 1709호
전 화 02-325-5100
팩 스 02-325-5101
홈페이지 www.생각나눔.kr
이 메 일 bookmain@think-book.com

• 책값은 표지 뒷면에 표기되어 있습니다.
 ISBN 979-11-7048-706-7 (03810)

Copyright ⓒ 2023 by 김영춘 All rights reserved.
 · 이 책은 저작권법에 따라 보호받는 저작물이므로 무단전재와 복제를 금지합니다.
 · 잘못된 책은 구입하신 곳에서 바꾸어 드립니다.

인생
가벼움이
펼요한 이유

여섯 번째 시집: 지은이   逸情   金英春

생각나눔

스쳐 지나가는
사연들을 붙잡고 통사정을 하다

책상에 앉아 지난날들을 헤아려 보다가 정년(停年)이라는 의미를 떠올렸다. 어느 시점을 실질적인 정년의 시발점으로 보아야 하며, 어느 시점을 정년의 끝으로 보아야 하는가? 난감한 주제가 아닐 수 없었다. 통념상 직장의 끝남을 모두가 정년의 시작이라 하는데, 정답이 있을 리 없다. 지난날의 기억들이 모두 부질없는 것 같다는 생각이 든다. 새로운 세상이 열릴 것 같았던 정년이라는 꿈같은 자유의 시간이 자의 반 타의 반 하나의 질곡처럼 되돌아왔을 뿐이기 때문이다.

과거의 의미를 되돌아본다는 것이 꼭 필요한 것인가는 알 수 없으나 지나간 과오들이 되살아나 가끔 몸서리칠 때도 있고, 지난 행동에 대한 부족함이 생각날 때는 지금도 얼굴이 화끈거릴 때도 있었다. 이제 와서 그때로 되돌아갈 수만 있다면 나의 행동은 더 분명해질 테고 더 확실해지지 않을까 생각해 보지만, 이젠 모두가 지나간 일들이다. 모든 경험이 쌓여 머릿속에선 하나의 선행지표가 만들어졌고 또 그러한 경험들이 내 미래의 원동력이 되지 않았나 생각하니 오히려 고맙기도 했다. 또 한편으로는 내 삶을 바로잡는 원인으로 자리 잡지 않았을까 생각되는 면도 있었다.

　황무지에서 피는 꽃이 홀로 아름다웠다는 진실됨을 기원하며 덤불 속을 뒤지고 마른 나뭇잎들을 제쳤다. 그렇게 드러난 예쁘고 순수한 꽃들의 투쟁을 품속에 품고 사는 여유도 생겨났다. 드러난 작은 풀꽃들을 위해 나는 수시로 핸드폰을 꺼내 꽃들을 찍고 눈에 담으며 인생의 여유로움을 흉내 내곤 했었다. 어디까지가 여유이고 어디까지가 조급함인지 아직도 구분할 수는 없으나 그렇게 지나다 보니 지난날 용감했던 첫 시집의 서문 쓰기를 소환하며 다시 한번 용기를 내기로 했다. 스쳐 지나가는 사연들을 붙들고 詩의 소재가 되어주길 사정했고, 나의 가상공간에 갇혀 잃어버렸던 소재들을 하나하나 꺼내어 詩를 만들었고, 결국은 이 서문 쓰기에 이르렀다. 생각만큼이나 이번 시집의 주제가 이 서문 속에 모두 담겼으면 좋을 텐데 하는 바람뿐이다.

십 년 넘게 인연을 소중히 간직해 준 생각나눔의 사장님이 고맙고 또 억지로라도 나의 시집을 읽어주었던 모든 지인이 고맙고 공사현장에서 나를 스쳐 간 인연들이 고맙고 억지로지만 그림 그리기에 동참해 준 우리 손주들이 고맙고 손주들을 돌봐주느라 여념이 없는 내 아내도 고맙고 주위에서 만나는 모든 현실이 이제는 그저 고마울 따름이다.

2024년 4월을 넘기며

목 차

제2부 삶이 지향하는 만큼

제3부 **가자미의 눈처럼**

제4부 풀꽃도 사랑이다

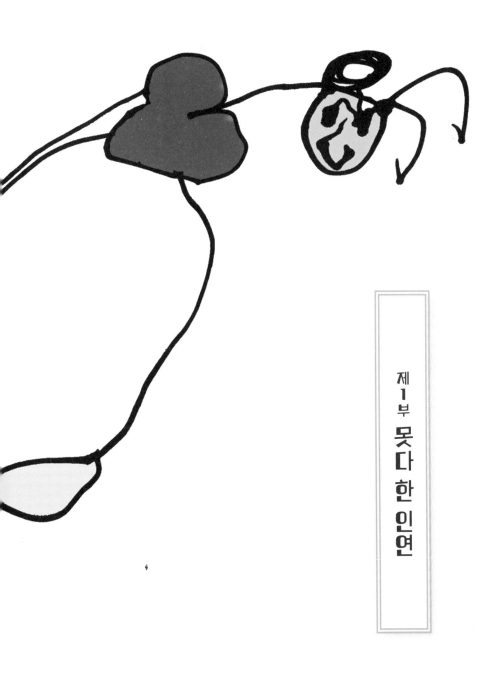

제 1 부 **못다 한 인연**

못다 한 인연

몸뚱이 빌려 멀리도 왔다.

태어나는 순간부터
잊혀질 생명의 시간까지
조각조각 감당하며 견뎌낸
육체의 고단함을
내 어찌 잊을 수 있으랴.

노을에 빗대어 황혼기를
아름답게 포장은 했다지만
아직도 구석구석 산재된
생명의 끈들이 연결돼
아픔과 치유를 반복하며
여기까지 왔음이 자랑스럽구나

오늘의 고단함 속에
세월이 저물고
몸뚱이의 사유화가 이루어지던 날
탄생과 소멸의 삶이

내게서 완성됨을
어찌 그냥 대할 수 있을까

육체의 가벼움이
가십거리로 전락한 때가 되어서야
못다 한 인연들이 내게 남은
마지막 특권임을 깨달았으니
지금인들 소홀할 수 있나
아쉬운 인연들
모두 다독여 본다.

생존 방식에 관한 보고서

바람이 아무리 흔들어도
들에 핀 꽃들은 흙을 움켜잡은 채
한 치의 물러섬도
보인 적 없고

세월에 기대어 자란 나무는
홀로 터득한 방법대로
바람이 아무리 흔들어도
결코 두렵지 않다.

(AI 마이크로소프트 bing이 그린 그림)

거친 땅 극복한 꽃일수록
비바람에 젖었어도
내일을 위해 단장하며
홀로 살아간다

물들어도 예쁘고
흔들려도 예쁜
들에 핀 꽃들은 그렇게 살았나니…

끈질긴 생존의 방식대로
그리 자란 나무들은
경쟁하며 피어난
작은 생명을 아끼고

살아남은 꽃들은
화려하게 피어난 것만으로도
값진 투쟁이라 여기며
생존 방식에 따른다

우리의 삶 또한 그러하니
어찌 한가하게 결과만을 논할까
처음부터 생존이 힘든데
방식을 따진다면 어쩌란 거냐.

파도에 쓸리는 모래알처럼

큰 바위 절벽 위로
바람 한 점을 올려보내기 위해
파도는 저리 안달하고
조바심이었을까?

바다에 심장이 있었다면
부서지는 모래탑처럼
밤새 한 조각씩
사라지는 고통에 울었으리라.

바위가 부서진 후에라야
고운 모래일 테지만
인내한 세월 과연 얼마나 되어야
그와 같이 될 것인가

비바람을 견딘 나무일수록
만고의 기둥이 될 수 있는 것이고
혹독한 시련을 견딘 후에라야
더욱 성숙한 사람이 된다

모든 것을 내려놓았듯이
파도는 회귀할 시점을 위해
바위를 잘게 부수고

인간은 삶을 연장하기 위해
그 고운 모래를 이용해
바다와 육지를 엮는다.

육지에 갇힌 파도가
바닷물을 유혹할 때까지
모래는 별들을 품었다 쏟아내며
자갈까지 토해야 하는
아픈 시련에 몸을 던진다.

도시와 비둘기

건물에 가로막힌 바람이
스스로를 압축시켜 불어 통과할 때
하늘을 날던 비둘기는
불현듯 내려앉아
도시의 시선을 먹고 산다.

목적하는 곳으로
순간 이동을 시켜주는
버스가 부러워
바퀴를 따라가 보지만
정작 치일 것 같으면
날아가는 기민함도 갖췄다.

하늘과 도시 사이에서
자신의 삶을 찾아가는 비둘기
사람들과 함께하면서도
자유롭고 독립적이다

영역의 차원에서 보면

빌딩에 무단 입주하듯이
비둘기들은 떼 지어
목적을 수단화하고
허락 없이 건물도 사유화한다

우리도 그와 같아서
비둘기처럼 群舞^{군무}에 빠져들고
수단도 목적도 잃은 채
날아가기만을 위해
호시탐탐 기회를 노리는
도시의 비둘기일지도 모른다.

황무지와 기름진 땅

이름도 없이 자란 풀들이
종일 태양을 훔치며 살아갑니다.

뜬금없는 하루를 위해
세상의 모든 길들을
점령 또 점령하며
악착같이 살아가지요.

초록빛 생명을 길러낸
어느 큰 담력을 가진
초인의 신비로운 힘처럼
한 뼘의 공간에서
풀이라도 듬뿍 돋으면
황무지는 순식간에
쑥대밭이 되고도 남습니다

한 뼘의 공간
또 하나의 세상
손가락 마디만큼의 공간이어도

바람과 햇볕을 들이고
빗물로 흙을 다지며
애틋한 애정까지 쏟았으나
어찌합니까 그 터전
이제 우리 것이 아닙니다

눈독 들인 지주들이
벌써부터 기름진 땅에 파일을 박아
경계를 정해두었기 때문입니다.

* 註) 잡초의 역할: 잡초(장초)들이 뿌리를 깊이 내려 땅속에
  공기통을 내고 지렁이들이 움직일 수 있는 공간을 내어줌
  으로써 활동을 하게 해 보용성 성분들이 땅속으로 스며들
  게 하는 역할을 함.

도시의 꽃

도로 위에 피어난 꽃이
스스로를 무색화시켜 살아남을 때
산에서 피던 꽃은
불현듯 죽어가고
밤의 꽃들은
도시의 공기를 삼키며 살아간다.

향기를 풍기는 것으로
사람들의 마음을 사로잡는
꽃이 부러워
향수를 뿌려보고

사회 현상을 사로잡은
세련된 연예인의
모습이 부러워
동작 또한 따라 해 보지만

생명의 의미에서
흙에 뿌리내리지 못한

꽃들은 떼 지어
삶을 장식해 내고
인조화처럼 수명을 연장한다

우리도 그와 같아서
피어나는 꽃을 모방하고
유행에 흠뻑 빠져
자신도 잊은 채
조화처럼 버려질지도 모른다.

인생길 보이는 대로

지나온 길도 그럴까
마음에 징검다리를 놓으며
천천히 돌아갑니다.

낭떠러지에 나무가 있거든
단단히 부여잡고

발밑에 돌부리 차이거든
걸림돌이라 치자

쌈짓돈처럼 인생이 꼬깃해지면
아깝다 생각해 펴서 넣고

모래밭에 족적이라도 남았다면
업적이려니 휘젓지 말자

발걸음 같은 인생길이
저물었다 생각되면
멈춘 곳에서 그냥 쉬다가

내일이 채워지면
처음 세상을 대면하는 것처럼
그렇게 앞으로 가자꾸나.

얼음 위 물고기

백두산인들 못 갈까
차가운 얼음에 맞서 던져지듯
튀어 오른 물고기 한 마리
철새 또한 얼음 위에서
이 작은 물고기를
차지하기 위해
날아 한라산도 가리라.

명분에 사로잡혀
시시비비도 못 가리는 국회의원들
이 차가운 물고기 한 마리를
차지하려 그들은 왜
백두산을 외쳤던가

비록 물고기는 작았지만
자신의 분수를 지켜냈는데
철새들은 먹이에 집착해
오고 가는 것만을 애기할 뿐
그들의 졸렬했음은
말하지도 않았다.

왜가리가 얼음 위에서
물에 비친 물고기를 쫓는다
백두산으로 가야 할 당위성을 쫓아
한라산을 가려 할 뿐이다

살얼음 얼기 시작했는데
물고기의 흔적을 쫓아
얼음물 아래
긴 부리를 들이민
왜가리 주둥이에서 물이 떨어진다.

인생 가벼움이 필요한 이유

깃털 같은 인생을 본다.

바람의 흐름처럼 삶을 사는
우리네 인생이 그럴 거라고
지레 짐작되는 대로
짧았음을 탓하지는 말자

스쳐 간 인생의 후회스러움도
멀리 보면 구름 같은 깃털처럼 보일 테니
삶의 유사함으로 인해
착각도 상상도 하지 말자

그 어느 것도 내가 채울 수 있는 것이 없고
그 어느 것도 내가 가질 수 있는 것은 없다

삶이 완벽하다면 인생이 무거울까?

인생이 완벽하다면 삶이 가벼울까?

인생의 절벽에 낙엽을 붙여본들
티라도 날 것이며

삶의 바다에 새털이 떨어진들
거들떠나 보겠는가

낭떠러지는 커져만 가는데
어디에도 내가 머물 곳이 없으니

깃털보다 더 가벼워야겠다는
생각이 든다.

바둑판 사회

삶과 죽음이 얽혀
운명처럼 만나고 헤어지다가
흔적만 남기고 사라지는
바둑판 같은 세상

한 수의 여유가
한판의 대범함으로 펼쳐질 때
흑과 백의 구분처럼 나뉘어
빗줄기 바둑판을 적신다

사각의 반석 위에
그 이상의 세상이 펼쳐지고
엄청 비가 쏟아지는데도
흩어질 수 없는 현실이거든
모든 엮임은 그로 인해
하늘을 압박하고
땅을 협박하며
바둑알을 던진다.

마치 싸움에서 승리한 것처럼
구성원들이 비와 빗줄기의
차이점을 스스로 알아차릴 뿐

바둑돌 놓는 소리조차도
석양빛에 다다른다는 당신의 세상에서
장차 새로움을 고집하려거든
단언컨대 바둑돌마저
거부해야 하거늘

씨줄과 날줄로 스며드는
복잡함이 빗소리로 인해 달라짐을
우리 어찌 알겠는가.

(AI 마이크로소프트 bing이 그린 그림)
＊ 註)「바둑돌 놓는 소리는 석양빛에 다다른다」김삿갓이 쓴
기시(棋詩) 중 일부

물은 가만히 흐르지 않는다

단 하나의 신념처럼
바꿀 수 없는 고집이 되어 흘렀어도
하늘을 거스른 적 없고

차면 넘치고 넘치면 흘러
궁색한 대로 세상 처음인 것처럼
利他^{이타}의 개념으로 흐르는 물

물은 스스로를 바꿔가며
세상을 재단했어도
단 한 번도 속내를 드러낸 적 없다
흐르는 대로 말없이
산천을 아우르며
그저 소리 없이 웃을 뿐이다.

폭풍처럼 해일처럼
모든 걸 부숴버릴 것 같았어도
결국엔 하나같이
되돌려주는
의지의 종결자다

한시도 멈춘 적 없이
깊고 얕음과 높고 낮음을 알고
오래된 것과 새로운 것
많고 적음을 알아
道^도의 진수로 삼았으니

세상을 깨울 수 있을 것처럼
百谷下^{백곡하}의 大巧若拙^{대교약졸}임을
결코 멈추지 않는다.

* 註) 백곡하(百谷下): 도덕경 66장(江海所以爲百谷王, 以其
能爲百谷下) 강과 바다가 모든 골짜기의 왕이 되는 것은
백곡보다 낮은 곳에서 그것을 포용하기 때문이다.
* 註) 대교약졸(大巧若拙): 도덕경 45장 재주가 뛰어난 사람
은 서툴게 보인다는 말.

물에서 건져낸 수석(水石) 하나

냇물도 만나고 강물도 만나
인생사를 배우듯 몸을 내던지며
산골짜기 수 십리 길을
갈고 닦으며 흘러왔으니
어디 성한 곳이 있으랴

제 한 몸 바쳐 이룬 모습
인간 세상사에 맞춘 것처럼
이리저리 굴렀으니
흉내 낼 수 없는 시련마저
신비롭게 품었구나.

큰 주름 돌출된 흠결마다
인생사를 그려 돌에 새겼듯이
먼 훗날 그것을 알아보는 이가 있어
소중한 대접을 받을 때까지라면
이 긴 세월 귀퉁이에서
고이 숨어있어도
그 아니 떳떳할까

풍진세상을 풍자하며
또 하나의 세상을 만들어내듯
나름 훌륭한 세계를 이룬
명품이 된 水石^{수석} 하나
너는 여한조차 없겠구나.

사랑과 용서

두 번 다시 오지 않을
삶의 기회를 완벽하게 만들기 위해
우리가 할 수 있는
최고의 기술은
단연 사랑과 용서다.

인생에 있어
가장 힘들고 가장 베풀기 힘든 것이
용서와 사랑임을 누가 모를까마는
그렇기에 더욱 소중한 것이니
평생 실천할 만하지 않을까 싶다.

나 하나의 사랑에 모든 걸 걸고
이제껏 살아왔던 나날들이
이제서야 용서됨은 무엇을 말하는 걸까
집착처럼 가지려 했던 것이
이제야 양보됨은
또 무엇을 말하는가

그렇게 하루가 가고
또 하루가 가면
세월도 양보하겠지
아직 인생이 지워지지 않았을 때
나로부터 생긴 모든 것들을
용서하고 더 나아가
모든 걸 사랑해 보자

사랑이 용서를 끌어들이고
용서가 사랑을 전제로
인생을 마무리해야 할
생명의 업그레이드는
하늘이 베푼 마지막일 것이니
진정 놓치지 않도록 하자.

즐거운 삶이었던가

세상 즐거움은 여러 가지
다 선택할 수 없어
한 가지만 품고 갑니다.

기쁨과 슬픔을 덧대고 달려가는
인생이라는 즐거운 마차에
축제의 이름을 빌려서
삶을 드러내 보지만
돌이켜보면 함께 선택한
삶의 즐거움은
모자람과 아쉬움

인생이 과연 즐거웠던가
지난날 손에 잡히는 대로
삶을 골랐음이니
이제 와 불행했다고
누굴 원망할 수 있을 텐가

찌그러진 모퉁이에

인생의 모호한 개념을 정리해놓고
깨달음의 꽃을 장식해
다시 가져갈
삶을 골라본다

깨달음이 마차를 장식하고
장식된 삶이 즐거움을 불러와
촌음인들 소홀할 수 없으니
그냥 즐겁게 살자꾸나.

인생에 정년(停年)이 있을 리 없다

어찌 停年정년을 말하려는가
어제의 사건이 서서히 기억을 드러내고
주위 시선들이 내일의 일을 시키며
사회가 가만히 놔두질 않는데
현실이 움직일 때마다
정년의 꿈도 사라져 간다.

경로우대가 먼저냐
사회경력이 먼저냐
낯선 자격증이 앞길을 막고
신개념화된 노동사회는
정년의 의미를
무용지물로 만들었다

말은 청년을 부른다지만
정년의 연장은 노인 청년을 말한다
인구 감소 누굴 탓할 건 아니지만
결국 폐차장에서 골라낸
기계 부품을 닦아

상품으로 둔갑시키는 거다

감가상각의 지수나
A/S도 없이
유효기간만 남았으니
얼마나 기막힌 타이밍인가.

인생에 정년이 있을 리 없다
방 안을 끝없이 맴도는
작은 날벌레는 수명도 잊고
계절을 구분 못 하는데

노인 청년들은
내일이 고마워 밖으로 나오고
기억이 고마워 힘든지도 모른 채
방 밖을 배회할 뿐이다.

돌아서 가자꾸나

돌아서 가자
급한 마음 차분히 누그러뜨리고
먼 길 돌아서 가자꾸나

욕심 채우기 급급해
무엇을 잃었는지
무얼 얻었는지도 모른 채
끈질기게 살아왔으니
이번만큼은 그냥
돌아서 가자꾸나.

홀로 가는 길
언제나 외로웠듯이
모든 걸 잃은 사람처럼
뒤돌아 갈지라도
후회 없이 가야 한다

채찍질하며 달리는 건
의식의 깨어남을 촉구하는 것

세상을 깨우는 의식으로
불나방의 희생이
전부인 것처럼
태워 원하는 대로 될지라도
남는 게 있을 리 없다

조급해 늦었을지라도
먼 길 돌아가다 보면
한계를 넘을 순 있겠지만
꿈이야 버려지겠느냐
우리 그냥 돌아서 가자꾸나.

부재증명

세월을 버텨낸 만큼
찾을 수도 없었던 그림자 인생
언제부터 잊었나
곰곰 생각해보니
생활에 속았다고 생각된
그날부터였구나

내 불찰과 오만
깊어진 삶의 우격다짐에 이르기까지
인생의 모든 실수를
되풀이하지 않기 위해
지난날 꿈을 그렸던
오래된 부재증명을 찾아본다.

버려진 순간들은 많은데
어디서부터 뜻이 갈라졌던가
겨우 찾아낸 그림 같은
부재증명의 주소를 들고
찾아 골목을 누비는데

아뿔싸,
저만치 거꾸로 훑어오는
나와 같은 주소의
헐한 늙은이
부재중도 심부름이었나?

세월의 나이테

주름이 늘어갈 때마다
나를 알기 위한 물음에서부터
세상을 배우는 겸손으로
삶은 다시 시작된다.

그렇게 지내다 보면 주변이 온통
같아지는 것투성이로 채워졌음을
어렴풋이나마 알게 된다

기쁨과 슬픔이 돌연 같아지고
모자람과 넘쳐남도 같아지고
즐거움과 괴로움도 같으며
이별과 사랑도 같아진다

나이라는 동그라미 굴레 속에서
세월의 카테고리만 늘어날 뿐
울고 웃기는 동행이
그 이상도 그 이하도
아님을 어찌하랴.

서글퍼질 인생이 되어서야
만나게 되는 물음들이
나이테일 줄 몰랐으니
아직도 겸손한 자세로 살아야 하며
깨달아야 할 과정의 전부가
세월이었음을 알아야 한다.

나이테가 들려주는 동질성과
세월이 알려주는 무상함을
어찌 소홀히 할 수 있을까마는

기쁠 때나 슬플 때나
몸으로 전해져오는 깨달음을 찾다가
같은 하늘 아래 같이 살면서
세월의 나이테에 갇혔으니
감당할 수 없었던 세월이
바로 나이테였음을 알겠구나.

인생이 서로를 닮아갑니다

첫 만남의 기억이 흐려져 갈 때쯤
나이로 인해 익어가는 낯섦은
말없이 쌓여만 가는데
큰 강물이 하늘을 담아내듯
작은 물줄기를 모아
바다로 흘러가는
작은 인생길입니다.

긴 세월 동안 닮아가면서도
서로들 다르다고 아우성치며
방생된 물고기 떼처럼
바다로 갈 때만 해도
모든 걸 가졌지 않나 싶었는데
도착해보니 너무나 다른
인생들이 모였습니다

아픔과 쾌락이 교차하고
서러움과 더러움이 뒤섞여
나이라는 수레에 실려

내리막 끝에 이르러서야
청춘의 세월이 고맙게 느껴짐은 무엇인가.

아직도 낯선 모험이 가득한
세상 속에서 허겁지겁 세월에 쫓겨
인생을 마무리하고 싶진 않지만

알게 모르게 우리의 모습은
서로가 서로를 닮아가고
마주해 울고 웃다가
그렇게 그렇게 늙어가나 봅니다.

찻잔 속의 태풍을 견뎌낸 돛단배처럼 사랑하리라

찻잔 속에 담긴 태풍은
바다로 나아가길 원했고
나는 그로부터 도망치길 원했다
사랑은 그렇게 시작되었다.

세상 짊어진 영웅이 아닐 바에야
웅크린 겁쟁이이면 어떻고
지친 졸장부면 어떤가
격랑의 파도가 일고
내 안의 진정성이
나를 찾을 때까지
그렇게 배워갈 것이다.

우주 불빛에 끌려온
검푸른 밤이 달려들던 날
삶이라는 늪지대에서
버텨낸 것만으로도 자랑스러워
노상 카페에서 당신과
마주 앉았을 때

찻잔 속에서 휘저어지던
달콤함은 원하든 원하지 않든
티스푼이 된 내가
돛단배이길 원했고
태풍을 견뎌낸 용사처럼
나는 바다를 꿈꿔야만 했다

짙푸른 바다 위에서
찻잔 속의 태풍을 견뎌낸
용감한 당신의 행동이 인연이 되어
나는 힘차게 노를 저으며
바다의 끝을 향했고
긴 항해를 시작한
돛단배 속에서
나는 당신의 스푼이길 원했다.

그대 장자(莊子)를 꿈꾸는가

그대 정녕 오늘 밤 세상을 가졌던가?

꿈에서 莊子^{장자}를 만났으니
꿈에 세상을 담아 내던진 자
그대였으리라

병 속에 담긴 세상은 보았는가?

끝없이 늘어나 보이는 세상
너무 커서 들여다보아도
볼 수 없는 광활한 세계에서
그대 살았으리니

나는 한 조각 깃털이고
그대는 한 조각 구름이고

깃털 구름 홀연히 사라져 꿈이 되고
병 속에 담긴 세상은 彼岸^{피안}

애벌레는 병이 커서 주체할 수 없다 하고
나비는 커다랗게 보이는 병이 작다 하고
병 속 수만 리 커 보여도 내겐 쓸모없으니

긴긴밤 나로 인해 잠 못 든 세상
나비 날갯짓만도 못한 세상

있는 듯 없는 듯 세상이 보이지 않으니
내가 지나가는 건지
세상이 지나는 건지 알지 못해
오늘도 답답한 마음
꿈속에 나비를 남기고 온다.

흐르는 섬

나만의 세계 속에 들어온 네가
참 좋았다.

나만의 섬에 둥지를 틀고 정착하려는
네가 정말 좋았다.

정처 없이 흘러가는 섬에서
나로 하여금 네가 화나지 않으니
더 좋았다.

세상이 인정하지도 않고
그저 바다에 떠다니는 부초라고 여겼을 때
이 작은 섬에 날아와 앉은
네가 나는 좋았던 거다.

나의 공간에 끼어든
너와의 공간은 투명한 바다

투명한 벽이 생긴 것은

너와 내가 같이 살기 때문이지만

한정된 공간 속에서
나만의 삶이 미래에 지쳐있을 때
나의 섬에 들어온 네가
유리 벽을 닮아 더욱 좋았다.

두려움과 극복의 차이

인생의 방황이란
삶을 스스로 배우는 것을 말하며

인생의 도전이란
배운 삶 나를 위해 쓰는 것이고

인생의 극복이란
낯선 삶 나에게 맞추는 것이며

두려운 인생이란
내 것 아닌 삶을 살아가는 것이다.

먼저 나아감은
두려움에 부딪히는 것을 예감해야 하고
먼저 실행함은
두려움을 이겨내야 하는 실천을 전제로 한다
그리고 이긴다는 것은
두려움의 대상이 컸음을 말하는 것이며
진다는 것은
두려움을 생활화하였다는 것이다.

극복해야 함을 감추고
아무것도 아닌 듯하는 것이야말로
두려움의 또 다른 이름이니

감춘 삶 드러내 털어낼 거라면
두려움을 일상화시켜
겁 없이 사는 것만 못 하다

결국 행복한 인생이란
같은 삶 다시 살지 않는 것을 말한다.

남과 북 백 년 타령

산천은 그대로인데
사람이 살았으니
머문 것은 짧은 인생이요
없어진 것은 긴 시간의 약속이다.

산천을 자기 것이라 우기며
사람은 일생을 보내는데
천 만년을 산다면 어쩔 건가
다행히 백 년이구나

산 위에 구름이 머물고
찬바람이 되돌아와
나그네였음을 일깨우니 고맙다.

바람은 자유롭고
D.M.Z. 막혔어도
우리는 무던히도 서로를 알기 위해
몸부림치지 않았던가

땅 주인은 따로 있는데
객들이 남북으로 갈라져 싸웠으니
이 짧은 백 년인들 족할까
아쉽지 않을까 싶다.

흔들리는 꽃

인생의 여정은
과연 흔들리는 꽃이었던가?
꽃잎 위에 바람불고
감춰진 꽃이 드러나니
의미마저 부각된다

언어의 덫에 걸린
인생 나약함을 탓할 수는 없지만
주인공의 독백처럼
거기 머문 사연들마저
빠져드니 아쉬운 거다

언어는 곧 바닥을 드러낼 테고
바닥을 극복하기 위해
사전적 의미를 찾아 나선
바람 앞에 드러난 심장처럼
나약함을 들어낸 나는
분명 흔들리는 꽃이었다.

심장은 쿵쾅대는데
생명들은 저마다의 사연을 안고
모두들 내게 숨어드는구나
옳고 그름을 떠나 모든 게
자신의 갈등으로 인해 흔들렸음이니

삶의 여정과 체감 온도에 따라
하루가 다르게 변해가듯
꽃의 흔들림도 그렇다
나약한 존재처럼
바람 앞에 흔들렸을 뿐이다.

꽃잎에 눌려 몸부림친 만큼
강인하게 가슴을 드러낸 꽃대궁이
계절 속에서 갈 길을 찾아내고
하루하루 버텨보지만
흔들리는 건 마찬가지

이제 보니 흔들림은
나와 같이 지구 위에 매달린
꽃 그림자였구나
이보다 더한
실증은 없을 것 같다.

제 2 부 **삶이 지향하는 만큼**

철새들의 하늘

바람 부는 날
아파트 위를 날아가는 철새들은
그 아래 숨죽인 채 살아가는
도시의 공포를 모른다

날아가면 그뿐인걸
헤어지면 그뿐이건만
지나가면 정작 그게
이별인 줄 그들이 어찌 알겠는가.

비 오던 날
아파트 집집마다 숨겨진
마음 아픈 사연들과
TV 화면을 장식한
처절한 남매의 이야기까지
침묵으로 드러난
사건의 전모가
더 공포스러운 도시

압축된 도시의 슬픈 미래가
집집마다 사연으로 변해 들어차고
탈출구 없는 콘크리트는 장막일 테니
용이한 도시의 탈출을 위해서라도
제3의 날개는 꼭 갖춰야 한다

겨울 철새들이 보여준
조련되어 가는 모습이 그리울 때면
나는 가끔 하늘을 본다
꿈을 만들어내는
그들의 희망을 찾아보기 위해서다.

본질의 사유

낮은 곳을 흘러가는
물줄기 또랑이면 어떤가
높고 낮음을 알고
흘러가는 게 아니더냐

진실을 찾아보면 이만 못한 것도
세상에는 널리 쌓였거늘

작은 새 높은 곳을 찾아
날아가 버렸다고 섭섭해하지 마라
좁디좁은 삶을 살기 위해서
얼마나 마음 졸였겠느냐

인생의 아쉬움을
느낀다는 것은 소유의 개념으로
날아간 새를 비유한다면
작은 푸념일 것이니

장차 운명을 던지듯

새의 본질과 또랑의 본질에서
진실을 찾아내는 것
또한 칭찬이니
어찌 그르다 하겠느냐.

몸이 먼저 알아갑니다

중력의 한계를 못 이겨
작은 얼굴도 주름살로 처져가는데
몸인들 한 번이라도
지구의 세월을
이겨낼 수 있을까?

하루가 다르게 무력감이 오고
순발력은 변화하는 시간을 대처 못 해
동작마저 뜸해지는데
살아가야 할 마음은
세월을 깨닫고 앞서갑니다

해야 할 일과 하지 말아야 할 일을
몸이 알아서 구별해내고
내 안의 공간에서 만난
삶의 의문점들이 사라져
모든 게 편한 상태로 되겠지 했건만
욕심은 그러지를 못해
몸이 알 수 없도록 가리고

나름대로 살아갑니다

욕심을 버린다는 게
결코 쉬운 일은 아닐진대
그러길 바라는 마음으로
두고두고 기다려보지만
게을러지고 움츠러들지라도
몸이 먼저 세상을 깨달아가고
그다음 마음이 따라갑니다.

높이지 마라

낮아질수록
시선은 높은 곳으로 향할 것이고
낮은 곳에 있던 시선은
더 낮아질 수 없어
높아질 것이니
절대 높이지 마라.

눈높이를 높인다고
세상이 높아지는 것도 아니고
목표를 수정한다고
성공이 앞당겨지는 것도 아니다

높아도 높지 않은 곳 수없이 많고
낮아도 낮지 않은 곳 헤아릴 수 없이 많다
높음과 낮음은 마음에 달려있어
목표를 수정하고 나면
뜻도 마음도 새로워지는 법

자만해 높이지 마라.

손이 닿지 않으면 방법도 달라진다
생각이 높은 곳을 보여주더라도
절대 높은 곳일 수 없고
보이는 현실이 낮은 곳 일지라도
절대 낮은 곳일 수 없다

높은 곳에 산다고
커다란 뜻 빨리 이룰 수 없으니
늦었을지언정 함부로 높이지 마라
깊은 뜻 마음속에 있어
때가 되면 눈도 높아지리니.

그대, 실수해 보았는가

우리는 실수하면서 사는 인생.

실수했다고 말이 많아지는 것도
수다처럼 핑계가 많아지는 것도
본능에서 비롯된 버릇
실수하지 않으면 기계지
인간이 아니라는 속설도 있다.

평생 책임 속에 살아왔으면서도
부담을 몸이 알지 못하게 하고
당장 끝날 것도 아닌데
말들이 많아짐은
사람의 속성이지 싶다.

두려워한 실수는 실패가 적고
실패한 실수는 성공 확률이 높다
어쩌다가 이룬 성공은
좌절이 찾아오기도 쉬우니
실패에 대비해야 한다

비통하게 살 바에야 도전을 하고
도전해 살 바에야 성공을 하자
가졌거나 못 가졌거나
미래를 준비했을 때라야
실수도 좌절도 없는
이기는 경지에 도달한다

실수를 통해 삶을 배우는 것도
인생을 이기기 위함이니
그대, 실수를 두려워하지 말자.

상상은 현실을 동반하지 않는다

하루살이는 먹지 못해도
짝짓기 희망으로 하루를 견뎌내고

지렁이는 눈이 없어도
세상을 섞을 수 있다는 희망으로
땅속을 헤집고 다닌다

아, 이 얼마나 소박한 꿈인가.

뜨거운 태양의 현실은
에어컨이 진실을 감추어버리고
비바람의 사연들은
폭풍이 진실을 감춘다

이보다 더 현실적인 정의가 있을까?

어느덧 현실은 사라지고
곰팡이같이 살아나는
스토리 인생 같은 단어의 정의들

하루를 속으면 내일이 손상되고
손상된 내일을 짜맞추다 보면
거짓 세상과 진짜 세상이 부딪힌다

언제부턴가 영화의 한 장면처럼
삶의 뿌리도 삶의 현장도
비현실화 되어가는 세상

상상의 세계는
늘 현실과 부딪히는
유리잔 같은 운명을 가진다.

아파트 늪을 흐르는 물동이처럼

아파트 늪지대를
물동이 홀로 떠내려간다.
작은 배 공간의 인식도 없이
시간의 안내도 없이
말없이 흘러간다

저 물동이 무딘 방향의 감각이지만
세월의 한 지점을 통과하기 위해서라도
그렇게나 서둘렀나 보다

결코 예민한 것도 아닌데
채워진 물이 넘칠 만큼 흔들리고
중심 잡기도 어렵겠지만
감각이 무디어진 게
어디 나만의 일이던가.

몸 기능에 변화가 오고
너무 많이 가진 무거운 것일수록
빨리 내려놓을 것처럼 보여도

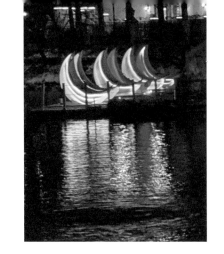

인지감각에 비례해
망설임은 커져만 간다

정녕 그리 저어갈 것인가
정하지 못하다가 마침내는
늪을 흐르는 물동이에
내 몸 하나 싣는다.

옳기라도 한 것인가
아파트 공간마다 늪이 들어섰고
물동이 갸우뚱거리는데
세상은 생존을 책임질 것처럼
큰소리로 자신하지만
모두가 건너질 때까지
편하고 실용적인 아파트
끝내 감당할 수나 있을지 모르겠다.

밤의 고속도로

달려오는 빛과 쫓겨 가는 빛들이
깊은 동굴에 빠져드는
죽음의 질주처럼
창을 스쳐 지나간다.

어느 것이 진실이고
어느 것이 환상인지 알 수 없는 것처럼
하루의 피로가 몰려든 내게
불빛은 꿈의 신호였다

타이어의 마찰음까지
모두 집어삼킨 고속도로의 밤은
끝없이 달려드는 하루살이
불빛으로 몸살을 앓는다

암흑 속에서 모든 것을
한꺼번에 깨닫고 피어나는 우담바라처럼
습기 찬 유리창 너머엔 찰나의
불빛들이 맺히고 흩어지며

이생과 저생을 잇는데

彼岸을 가둔 차창 너머
밤의 고속도로는
빛으로 깨달음을 얻어가는
짧은 참선의 현장이다.

* 註) 우담바라: 여래(如來)가 세상에 출현할 때는 커다란 복
  덕의 힘으로 이 꽃이 피어난다고 한다. 꽃받침에 싸인 은
  화식물.

나무와 사람

사는 방식은 달라도
나무와 사람은 서로 같아
품고도 모자란 욕심과
품고도 더 모자란
욕심으로 나뉜다

나무를 숲으로 보진 않지만
숲의 원천인 것만은 확실하고
자식을 나무라 하진 않지만
나무처럼 퍼질 것을 염원한다
인간도 나무도 대물림에
사활을 걸고 있는 이유다.

나무는 계절이 되면
따스함이 절실해서 외롭고

사람은 사춘기가 되면
보살핌이 절실해서 외롭다

사람과 나무는 절대적으로
서로를 품고 살지만
그 의미를 다 알기 전까지는
세상 변덕에 시달려야만 한다

누군가는 나무처럼 자란
인생이 자랑스러워
평생을 자식 자랑이지만
인간에게 꺾인 나무는
자신의 꿈을 달래며
인간처럼 살지 말자 다짐하며 산다.

개미들

개미가 집을 나선다.

도시는 성냥곽 같아 빈틈이 없다지만

반드시 어딘가엔 틈도 생기는 법

그리고 거기엔 늘 먹이가 있었다.

A개미가 유리 벽면을 오르기 시작한다

맞은편에서 복제된 모습 개미B가 보인다

C개미는 건물 틈 사이에서 길을 찾아낸다

D개미는 C개미를 따라 여기저기 표시를 한다

E개미는 지지물에 막혀 걸음을 멈추고 되돌아간다

F개미 A개미를 도와 다른 개미의 지원을 이끈다

G개미 길을 잃지 않기 위해 A가 찾은 코스에 또 표식을 한다

H개미는 병정개미의 흉내를 내 행렬을 정렬시킨다

I개미는 전령을 자처하며 반대편 B개미에게 다가가려 애쓴다

J개미 먹이의 개념을 여왕에게 알리려 자리를 뜬다

K개미 먹거리를 위해 자기만의 지인들을 불러 모은다

L, M, N개미들이 K개미 앞에 모였다

반대편 B개미의 것을 차지하기 위해

O, P, Q, R개미들이 팀을 꾸린다

S개미 이 모든 광경을 담기 위해 그림을 그린다

W, X개미 먹이를 나르다 말고 S개미 잎에서 포즈를 취한다

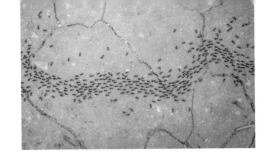

Y개미 지령을 받은 것처럼 다른 개미들을 독려한다
Z개미 먹이를 나르기 위해 잽싸게
aZ, bZ, cZ…의 자식개미들을 깨운다
할 일은 쪼개지고 분석되어 각자 나뉘었는데
일중독에 빠진 채 개미들은
자신조차 돌아보지 못하고
맡은 일만 죽어라 한다.
갑자기 무언가 개미의 일자행렬을 끊는다
전쟁이 난 것처럼 Za, Zb, Zc 개미들이 달려들고
비상 걸린 병정개미들도 전열을 정비하고 달려든다.

"엄마, 이게 뭐야?"
"개미란다."
"그런데 뭐하는 거야?"
"자기들끼리 전쟁놀이하는 거야!"
"엄마, 내가 길을 끊었는데 다시 이어줄까?"
"그냥 놔두고 가자. 착하지~ 우리 아기!"

[*] 註) 중독에 빠져버린 뇌란?: 생존회로와 쾌락을 추구하는
회로. 쾌락에 맛들린 도파민이 다음에 그 같은 환경이 조
성될 때를 대비해 만들어내는 뇌과학 일종의 보상회로

동반자

봄비는 가로수에 물방울을 매달고
골목길로 쏟아진다.

수족관이 보이고
큰 냄비에서 생을 마감하는 낙지 한 마리
김 서린 창문 너머로 보니
품위있는 비장함을 지키려
밖에 발끝을 남겼다.

저항의 詩처럼 남겨진 먹물에
창문조차 검어졌다
탱탱한 다리가 짤리고
인생을 보시한
스님의 일생처럼
그렇게 삶을 마감했으니

봄비에 머리를 적신
내 처지와 무엇이 다를까
젖은 몰골로 보게 된

창문 너머 풍경을 떠나려
고개를 돌리려는데
텅 빈 접시처럼 창 너머 외침소리

"여기, 낙지 한 마리 추가요!"

빗방울 2022

물 위에 떨어진 빗줄기
내린 만큼 하늘로 되돌아갈까
빗방울 자국들이
동그랗게 집을 짓고
물고기를 품는다.

그러나 누구라도 느낄 수는 있어도
가질 수 있음이 아니다

내어줌도 거둬들임도 없이
물 위에 남겨진 수많은 빗방울 자국들이
하늘에게 소유권을 물어
일일이 쓰이고 나면
결국 물고기 차지인데
훼방꾼 왜가리 휘저으니
다시 빗방울로 변해
동그라미가 뿌려진다

물권과 소유권마저 소멸되고

가진 것도 잃은 것도 없이
쏟아진 수많은 흔적들은
아쉬움만을 남긴 채
물밑으로 사라져 가고
하늘을 담은 빗방울들은
물 위로 떠 흘러간다.

사랑과 이별의 공통점

이별은 사랑했기에 생겨난 단어이며
사랑은 이별이 있어야 피어나는 개념이다.

늘 사랑만 할 수 없고
늘 이별만 할 수도 없다
그렇게 생겨난 게
사랑과 이별의 전쟁이고
이별과 사랑의 詩다.

사랑과 이별은 서로 보완해야 하는 단어
한쪽이 없을 땐 불완전한 개념이 된다

마주해 사는 동안
만나면서 우리의 인생이 완성되어지듯
일생 동안에 자주 겪는 게 사랑이며
마주쳐 극복해야 할 대상이 이별이다.

가까이서 보면 이별은 상처지만
멀리서 보면 과실이 된다

훗날 세월이 지나면
사랑과 이별은 추억이 되고
마음속엔 빛나는 보석처럼 남는다.

그게 바로 사랑과 이별의 공통점이다.

하계수행(下界修行)

시간을 비우고
가벼운 존재의 모습으로
산길을 내려가면
때맞춰 엮이는 인생
江湖戀情강호연정 속으로
우리는 또 사라져야 한다.

심부름을 끝낸 것처럼
어쩌지 못해 가야만 도달하는 마을
긴 노을로 그림자 경계를 세워두고
불심검문을 하듯 발자국마다
도장을 찍었는데

가고 옴도 그와 같아서
바람 불 때를 기다려
下界修行하계수행이 시작된다.

산을 오르고 내려감이
이와 같은데 인생에 있어서의

탄생과 죽음은
하계수행을 위한
워밍업인가
심부름인가

산을 내려가는 내내
끝도 없이 묻고 답을 한다.

법망(法網)

그들만을 위해
노심초사하는 미덥지 못한 세상
이런 곳에서 우리가 산다.

범인은 얼굴을 가려주고
참을 수 없어 얼굴을 드러낸
피해자가 범인 같은 세상

피의자가 제기하는
초상권이 더 커진 상황에서
피해자의 억울함이
오히려 뒷전인
그런 세상이다.

보호받지 못한 피해자는
평생을 떠도는데
술에 취한 상태를 심신미약이라 하고
환각증세를 심신허약이라 하며
사회 감정을 고려해

減輕^{감경}의 여지가 있다는
그들만의 리그 속에서
우리가 산다

승자의 독식처럼
법망에 갇힌 절심함을 들여다보며
피의자를 요리해야 하는
神의 영역에 도전장을
들이민 것부터가
있을 수 없는 만행으로 보는
시덥지 않은 그들이 있기 때문이다.

밤을 새운 나눔의 거래

비쩍 마른 소쩍새가
내일을 일러 무얼 바라겠습니까
둥근 보름달밤 나무에 앉아
음산하게 울어 댈 적에

초가집 굴뚝 볏짚 태우는 냄새
방에 남은 아이는 무서워
눈 감은 채로
밤을 지새웁니다.

바람과의 거래처럼
밤새 고민하고 뒤척이다가
두 눈을 크게 떴을 때
아이는 餓死 직전이지만
부모는 컴퓨터 앞에서
밤을 지새웁니다

화면에 나타난 소쩍새 한 마리
나무에 앉은 채 스산하게

목을 돌려봅니다.
소쩍, 소쩍 쿡. 쿡. 쿡

무서움이 나눠질 때까지
모든 짐은 꿈이 맡고
세상의 믿음이 그들로 나눠질 적에
책상 밑에서 잠든 아이는
밤새 소쩍새 떨어질 때만을
기다리며 살아갑니다.

맛집을 찾아서

고양잇과에게서 느껴지는
파르르한 긴장감이
먹이를 찾을 때마다
때론 우주를 뚫고서 온다.

단 한 조각의 먹이를 위해서라면
모든 것을 걸고서라도
천 년을 뛰어넘는 감각으로
실체를 찾아 방황하는 포유류들
우리 인생도 그와 같아서
먹이의 動線동선을 따라
맛집을 찾아 헤맨다.

모든 포유류들을 위해
먹방내비게이션이라도 있었음 좋겠다
먹이가 보이는 순간
우리 앞에 다가온
현실의 투명성은
내비게이션의 문제지만

가까이 먹이가 있어도
찾을 수 없는 현실은
고양잇과 동물에겐
자존심 문제이기 때문이다.

작은 날벌레에게 고(告)함

나며 주어진 짧은 시간 동안
급하게 짜여진 일정의 운명을 이기기 위해
여의봉을 쫓던 네 일생
평생의 날갯짓으로
24시간 숨어 소리 없이
그렇게 살았잖은가

세상은 관심 밖인데
모든 걸 자신의 크기에 맞춰
의무를 따랐으니 됐다

바람보다 빠르게
벌새의 심장보다 빠르게
광속의 속도가 되어
손바닥 안이라면 모두
날갯짓으로 통했다

천 리를 날고 만 리를 나는데
짧은 날개가 평생 서러웠으려니

날벌레에게 평안을 주기 위해
나는 커다란 손바닥을
합치듯 마주친다.

청춘과 인생

다시 오더라도
떠나간 청춘은 아름답다.

마지막 순간까지
가슴에 품은 야망을
불태울 수 있기에
청춘이 아름다웠고

인생 아는 바 없어도
모든 억지를 담을 수 있는
힘과 젊음이 있어
청춘이 아름다웠다.

떠날 때 떠나더라도
젊음의 대가로
인생이 여유롭다면
반드시 성공한 멘토일 테니

청춘과 인생은

설국열차의 앞뒤처럼

소비해야 만나는

아름다운 분할이다.

그늘論

그늘 아래 그냥 앉지 마라
땡볕에 몸이 달아야
그 소중함도 절실해지는 법

구름 아래 쉬려고도 하지 마라
바람에 휘둘려지는 모습
무력함을 보고 나면
그 의미가 다가올 것이다

큰 바위 아무리 단단해도
인생을 기댈 수 없고
바람이 뚫을 수 없다고
세월에 무너지지 말란 법 없다

빠른 시간 바람 같다지만
세월의 머무름에 우리 속았음이니
믿지도 말고 속지도 말자
청춘도 그렇고
인생도 그렇다

그늘만 쫓다 보면
언젠가는 세월의 칼날에 베일 테고

땡볕만 쫓다 보면
언젠가는 태양의 횡포에 인생 망친다

마치 사막에 들어선 후에야
그늘이 고마워지는 것처럼 말이다.

자벌레

생명 하나가 줄에 걸려
툭 하니 나뭇잎에 매달렸다면
그건 생존의 꿈이다.

분명 예측 못 한 길일 텐데
굴하지 않는 모험으로
생존을 시험하는 것이다

번식의 의무를 줄에 걸고
섬처럼 유유히 떠다니다가
가지 못한 세상을 위해
바람 불기만을 기다리던 자벌레

현실을 극복하기 위해
매달리긴 했지만
운명도 도박인 채로
결국 낯선 곳으로 간다.

길을 가다가 문득 눈앞에서

나뭇잎 하나가
툭, 떨어지거든
그냥 그렇게 보지 말자

거기엔 생명 하나가
일생일대의 모험을 걸고 있음을
알아야 한다.

* 註) 자벌레: 몸의 앞부분을 쭉 뻗은 후 뒷부분을 당겨 마
치 고리처럼 만들어 올리는 특징적인 방식('inching gait'
또는 'looping gait')으로 움직이고, 가는 줄에 몸을 매달고
있다가 지나가는 동물에 의해 생존기반을 넓혀간다.

치열한 삶의 끝을 붙잡고

한 홉의 삶을 살기 위해서
생명 걸지 않은 것이 또 어디 있으랴.

보이지 않는 작은 것에서부터
현실을 다투는 큰 것에 이르기까지
하나같이 관철된 주제는
삶의 치열함이었으니

너도 그렇게 살았고
나도 그렇게 살았다

현실이 잠시 우리를 속일 순 있어도
그 속에 숨은 치열함은
각자의 몫인 것이니
누구나 가져야 할 덕목인 셈

치열한 삶을 살고 싶지 않아도
미래는 우리를 그리 살라 조언한다

현실이 치열했던 만큼
미래가 꼭 그런 건 아니지만
그걸 증명하기 위해서라도
우린 또다시 치열하게 살아야만 한다.

이태원 거리의 떠도는 영혼들에게

불타오른 젊은이들이
가면 쓴 불나방처럼
통제도 없이 방어할 힘도 없이
회복할 수 없는 상처만
남겨놓은 채
떠나고 말았다.

세계는 축제도 많고
경험해보지 않은 색다른 축제도 많은데
모든 것을 다 할 것처럼
떠들고 스치며 만나고
할로윈데이를 핑계로
좁다란 골목길에서
죽음의 파티를 열었구나

찢어진 영혼이 되어
거리의 넋처럼
빠져나올 틈도 없이 쌓였으니
이제 이태원 거리는 그들의

사연을 들어줄 차례다

어찌 너희들에게
과오를 물을 수 있겠는가
펼쳐보지 못한 청춘의 일기장을
파묻는 일이야말로
어불성설이거늘
내일이 이로 진정될 수 있을까

어찌 보면 꿈같은 사건
씻을 수 없는 상처이기에
누구의 간섭도 없는
파란 하늘 아래
기억의 장이라도 만들어야겠다.

*　註) 2022년 10월 29일 10시 15분경부터 시작된 할로윈데
이 축제를 즐기기 위해 새벽 시간까지 젊은이들이 해밀턴
호텔 좁다란 골목길에서 누군가가 넘어지면서 발생된 압사
사건으로 외국인 포함 사망 156명, 부상 203명의 인명피
해가 발생된 할로인데이날 이태원 거리의 사고.

어머니와 그릇

아버지의 그릇은 텅 비었고
빈 그릇엔 어머니가 들어가 있었다.

사골 우려낸 국물은
몸을 축낸 아버지의 그릇에만 담겼고
아이들은 무관심이었다.

병상을 털고 일어나려 애쓰는
아버지의 수척한 몸에
어머니는 버팀목처럼 기둥이 되어 있었고
어느 날 어머니의 얼굴도 폈지만
다음 날이면 또 기운이 없었다
그리고 그다음 날
아버지의 자리가 비었다.

오래전 우리는 그렇게
아버지의 그릇처럼 살아왔다.
그 그릇에 어머니가 담겼던 것처럼
이젠 손주들 그릇에
할머니가 담긴다.

인생 고마워하며 살자

피 한 방울을 빨기 위해 모기는
목숨을 걸어야 하고

애완견은 살기 위해
모든 걸 다 바쳐 충성을 해야 한다.

야생의 짐승은 사람을 피하기 위해
먹잇감을 버릴 때도 있고

물고기조차 경우에 따라
사람한테 쫓겨 溺死^{익사}할 때도 있다.

자신의 인생을 위해
생긴 대로 살아도 말하는 사람 없고

초월자에게 기대어 살아도
사람의 권력과 지위에는 변함이 없으니

산다는 것 자체에 무게를 두고
사람임을 고마워하며 살자.

제3부 **가자미의 눈처럼**

거짓과 진실의 순간

살다 보면 거짓과 진실의 틈바구니에서
한 번쯤은 삶을 포기하고 싶기도 하고
진실의 칼이 들이닥쳤을 땐
말문이 막혀 거짓을
반복하기도 한다.

대낮의 윤택했던 삶도
밤의 진실만큼은 외면할 수 없어
도망치고 싶기도 하겠지만
회유당하며 구슬려지며
내일의 삶을 위해
잠에 빠져들 뿐이다.

언뜻 진실의 이론만으로
우리가 사는 것 같지만
거짓과 진실을 구별할 수가 없는데
어찌 진실된 삶이 살아질까

거짓으로 기울어진 삶이

진실의 회복을 원한다는 것은
거짓 세상을 이겨내려고
용기 내어 세상을 대처한다는 것인데
그것은 진실과 양심만으로
선과 악을 가려낼 때의
고통을 모르고 하는 소리다

진실은 큰 고통을 가져오고
양심은 출구 없는 질식을 가져온다
그게 순간적일지라도
자유롭지 못한 판단은
거부해야 할 숙명을 지닌다

거짓의 열매는 한없이 달고
진실은 엄청 쓰기 때문이다.

가자미의 눈

쫓아갈 사람은 많은데 쫓아갈 수는 없고
따라올 사람 많은데 따라오질 않네
알려주는 사람 없듯이
그저 따라만 오라는 세상
지체된 정의는 정의가 아니듯이
보이는 정의도 정의가 아닐 수 있다

불공정 불평등이 쌓이다 보니
어느 게 불공정이고 불평등인지도 모른다
양심은 마음을 편안케 해주지만
양심불량은 마음의 짐이 된다
이래저래 그걸 짊어진다는 건
결코 바람직하지는 않겠지만
왜 나는 이제서야 그걸 알려고 할까

양심을 바르게 하는 동안
부와 명예는 없어지고
정의와 공정은 쌓였겠지만
남는 거 하나 없으니

결국 나만 바보였구나

사는 듯 마는 듯 살다 보면
세상이 가만두지 않는다
언젠가 우리는 불공정 불평등을 만나게 되고
결국 정의와 양심을 저버리기 위해
다시 한번 스스로의 처지를
생각해볼 수밖에 없다

너무 많은 사례를 눈으로 보게 되니
내 눈이 삐뚤어지는 것 같다.

가자미 눈이 왜 한쪽으로 몰려있을까
답을 찾아볼 때다.

핸드폰

잃어버리면 안 됩니다
심장처럼 떼어낼 수도 없으니
숨 쉴 때마다 핸드폰이
주머니를 흔듭니다.

머릿속에 담겼다 꺼내진 것처럼
모든 것이 압축돼 마음까지 컨트롤 하는
연가시 숙주처럼 변한
내 안의 핸드폰 세상

시간과 약속을 잡아주고
보디가드처럼 내 몸을 지켜준다 해서
장판교의 용맹스런 장비로
적토마를 탄 관우의 의리로
모든 게 되살아나는 게
존경스럽기만 합니다.

때론 카드를 물고
바쁘게 세상을 찍어 돌리기도 하고

오만과 독선으로 스스로 물들지라도
모든 것이 핸드폰 안에 맡겨져
하나로 통해 있으니
사실 그럴 만도 합니다

새로 산 기계를
유심칩으로 돌려막으면
주인 없이도 신호가 받아지니
진정 선과 악을 넘나드는
이 작은 핸드폰
나의 主컴인가
우리의 영웅인가
전혀 모르겠습니다.

우주의 구석에서

우주의 먼 빛 같이
세상 구석에서 점멸하는 빛이 되어
최면을 당한 듯
말없이 살아왔다.

꾹 참은 끝에 터져버린
격한 감정은 새로운 세상에
던져버린 미련이었나
알 수 없는 세상이
우주 끝에서
점멸되었을 뿐이다.

백로가 사기를 당하고
까마귀는 백로의 탐욕에 기만을 당하고
욕심이라는 기만 속에
백로도 검은 마음이 들어
오욕인듯 탐욕인듯
진실인 양 살아가는 세상

나뭇가지 사이로 빛이 달려오고
도시엔 인공 불빛이 끌려와 빛을 내고
사랑이 빛의 종점이라면
빛은 우주의 손짓이고
홀로그램 같은 모양체다

서울이라는 지구의 구석에서
희미한 빛에 의지해 살아가는
우리 작은 삶들은
최면을 당한 듯
우주 한점이 되어
오늘도 착하게 살아간다.

물 위에서 젖는 날개

돋아난 날개가 있어
어깨 위로 힘껏 날아본다.

스쳐 지나갈 때마다
세상이 다 내 것처럼 보였는데
물방울로 옷이 젖는다

바다 한가운데에서
내가 날고 있었던 거다.

날개, 바다는 그것이 이해되지 않아
더 큰 파도를 일으키고
나를 추락시키려 했다

스치듯 날았다지만
공기로 채운
주머니마다 다 젖었으니
이젠 날 수도 없다

물 위에서 젖지 않을 날개가 있으랴
날개를 가진 것만도 행운인데
젖지 않을 주머니가 있을까
애초에 모든 게 꿈인가 싶다.

꿈도 꾸지 못하는 사회

나이가 들어갈수록
우리는 시간을 먹고 산다는 것을 알며

성장판이 닫혀 갈수록
우리는 고민을 먹고
살았음을 안다
세월은 그렇게 흘러갔다.

노력을 기울이고
수많은 꿈들을 흘려보냈어도
관심 들어 줄 사람 없고
흘러간 날들을 위해
꿈을 덧씌워 보지만
돌아온 건 미완성의 꿈일 뿐

인생을 다시 설계해 본다

사는 중압감에 짓눌려
억지로 내일을 그려보고

뜻 없이 어제를 소환해
뒤섞으며 펼쳐라도 보자꾸나

사실 답은 없다
그래서 오늘도 나는
꿈 없이 살아가는 것을 꿈꾸며 산다.

더 큰 세상 더 큰 세월

크나큰 세상을 위해
더 높이 더 크게 더 빠르게
인색함을 내려놓자.

키가 큰 만큼 마음도 커야 하고
마음이 큰 만큼 씀씀이도 커야 하고
씀씀이가 큰 만큼 배려의 마음도 넓어야 한다
그렇게 큰 하늘 큰 땅을 품었으니
세상은 큰 눈을 필요로 할 게다

세상을 잠식하기엔 부족해
다시 처음부터 태어나
큰 세상을 만들고 큰 나라를 만들고
마음 열어 기다린다면
큰 얼굴도 태어나겠지만

혼자 그렇게 위로하며
지나간 세월이 얼마더냐
아마 헤아릴 수도 없이
큰 세월이었겠다.

올가미 세상

생각을 열면
하늘은 큰 올가미이고
삶은 각본이다.

기뻐 만났을 때는
우주보다 더 큰 삶을 얘기하고
사는 이야기에 빠져
쪼그라들 때면
스스로 얽히는 세상

삶의 이야기들은
이래저래 세상 올가미로
하늘을 떠다니고

그물처럼 던져진 올가미는
너와 나를 엮어
세상 속에 가둔다.

방점(傍點)

방황이란
서툰 인생이 저지른 실수를 만회하려는
삶의 수습 방안이랄까
격동이 예고된다.

도전이란
인생의 호기심에 끼어든 천방지축 모험이며
새로 배낭을 꾸려 떠나는
내 삶의 여행기다.

낯선 인생 내 안에 살면서
내게서 비롯된 슬픔까지 짊어지고 가려는
낯선 고통을 극복이라 말하고

내 안에 들어온 다른 삶이
타인인 나를 무장해제 시킨 채
살아가는 이야기를
두려움이라 말한다.

"생전의 일은 책임지고 사후의 일은 따지지 말자" (註)

나아감은 두려움에 부딪힐 것이고
어쩌다 방황을 이겨냈더라도
극복의 대상이 바뀔 것이니
도전한다고 모두 이기는 건 아니다

인생을 두려움으로 끝낼 건가
두려움의 극복으로 삶을 생활화할 것인가
선택은 각자의 몫인 것이다.

* 註) 楊愼(1488년~1559년)의 말: 중국 명(明)나라의 문인.
   세종(世宗) 재위 시 대례(大禮)에 대한 의론이 생기자 이를
   간하다가 미움을 사서 원난 지방으로 유배, 사망.

순환구조(循環構造)

잠자리 유충은 올챙이를 잡아먹고
다 큰 개구리는 잠자리를 잡아먹는다
이미 잊었을 테지만
생존의 순환계는
이렇게 인연을 맺는다.

고난이 극복되면 인간도 인연을 바꾼다
같은 스승의 방연은 손빈의 두 다리를 잘랐고
손빈은 방연을 죽여 나라까지 망쳤다

제자를 엄히 교육시킨 조지서는
죽음으로 보상으로 받았고
연산군은 끝내 反政^{반정}으로 모든 것을 잃었다

현실은 때론 미래를 보장 못 하지만
미래는 현실을 감추기 위해 과거를 이용한다
인간에게 주어진 미래는 불투명해
맹목적으로 현실을 직시할 순 없고
과거를 참고해 살아가야 하는데

우리는 그것을 놓치기 일쑤다.

인간의 생존에는 분명히 순환의 의미가 있는 만큼
현실을 반영한 의미는 과거 속에 있을 수밖에 없고
과거를 반영한 현실은 미래 속에 있을 수밖에 없다.

* 註) *같은 스승을 모셨던 방연은 질투 때문에 손빈의 다리
  가 잘리게 만들었고, 죽음을 벗어난 손빈은 마릉전투에서
  방연을 죽이고 그가 속한 衛나라를 망하게 만들었다.
* *1504년 갑자사화 때 연산군은 가장 먼저 스승인 조지서
  를 죽였다.

각자 간이 용광로를 갖자

가졌을 땐 못 가진 것처럼 고개를 숙이고
많으면 아주 적은 것처럼 겸손해지자
양보와 겸손을 쓸어모아
용광로에 모두 쏟아부으면
타협이 이뤄지고 우리는
그 같은 용광로를 갈망한다.

소용돌이 속에서 모든 게 섞이고
정형화된 제품으로 재탄생할 때
우리는 안심하고 소유하려 한다
결코 바람직한 습성은 아니지만
그렇다고 버릴 수도 없는 바람이다.

힘이 같으면 지혜가 가치를 가려내고
지혜가 못 미치면 덕으로써 가려지는데
세상 모든 게 용광로에 담겨 있다면
알지 못하는 사이에 녹아버리고
인간은 그것을 제품인 양 탐을 낼 뿐이다.

각자가 용광로를 휴대한다면
통합을 전제로 한 융합의 길도 열릴 것이다
이 아니 멋진 세상이더냐
현실 세계는 고로가 작고
꿈속에선 고로가 크니
그 속에 나만의 쇳물을 부어야 한다

그래서 제시된 것이 간이 용광로
휴대해서 불을 지피고 개성을 쏟아부으면
용광로는 타협을 전제로 제품을 만들고
우리는 그 소용처를 찾을 것이다.

분화구의 후회는 복수의 개념이었다

한때 살아 움직이고
활화산처럼 심장을 토해내며
하늘마저 우습게 여겼던
나지막한 분화구

떨리는 가슴으로
바위틈마다 유황 연기를 뿜으며
복수를 꿈꾸던 분화구는 분명
나의 심장이었다.

기억들을 토닥이며
지나온 나날들을 다시 모으고
작은 지구의 마그마가 되어
먹은 걸 토해낼 때까지
시련처럼 만나 뜨거웠었다.

기쁨과 슬픔을 선택하며
후회인지 복수인지도 모를 개념에
사로잡혀 살아가던 삶들이

굳어져 간다는 것은
정렬도 식어졌음을 뜻하건만

평생을 복수하는 심정으로
스스로의 부족함을 다스리며
절실히 묻혀 살았음을
이제서야 어렴풋이 깨닫는다

후회를 복수의 개념으로
살아온 내게 있어
삶은 분명 실패작이었지만
분화구는 내 인생의 통풍구였다.

주어진 길

오늘 밤 풀벌레 소리
그리고 내일은
누군가가 발자국을 숨기고 오리라.

긴 여정을 떠나야 하는
나그네의 숨어 뛰는 심장소리
미래의 발걸음마저
흔들리며 밤새
뒤척여 설레였었는데

별무리 한가득
폭포처럼 쏟아질지라도
당신의 방랑은 끝날 수 없고
불쏘시개처럼 정처 없이
내달았을 때야 만이
세상은 아낌없이
운명을 내어줄 거다

이래저래 거친 길

주어진 대로 말없이 가자
비록 끝이 보이지 않더라도
차가운 바람 속에
몸을 맡겼거든
운명처럼 가자꾸나.

슬픈 몸매

육체의 기억을 다 내려놓고
옷이 벗겨지지 않는 이유를 생각하니
고개가 떨궈진다.

세상은 벗은 몸매를 원하는데
우린 왜 입혀진 몸매를 원하는가

욕심이 부끄러워
온 힘을 다해 벗으려는데
이젠 감춰진 몸매가
거울을 거부한다

가식을 감춘 옷이라지만
욕심이 채워질수록
주머니는 빵빵해지는 법

어느 날부턴가
몸매가 헐렁해진다
헐~ 내 몸의 절박함이 그랬다.

두더지의 빛 이론

고독이라는 덫에 갇혀서도
빛의 방향을 향해
흙과 싸우는
저 용기를 보라

무모함에 스스로는 갇혔지만
세상 가르침도 없이
터널은 정확하지 않더냐.

고단함은 수액으로 식히고
과거의 꿈은 흙에 묻으며
내일의 수행자처럼
살아가는 두더지

성찰은 갈수록 깊어지고
용기 또한 갈수록 커져 가는데
희미하게 연결된 빛을
꿈과 결합시키며
세상을 넓혀가는 두더지는
빛이론의 기질을 가진 실천가다.

로또 번호표 인생

번호표 없는 인생은
당첨 기회조차 없는 것이 현실이다
불려질 번호표가 있기 때문에
갈 데가 많은 것도 같은데
정작 오라는 데는 없다.

장사꾼의 기만 속에
줄줄이 번호표가 되어버린 인생은
거리마다 줄을 선 채 넘쳐나고
소리 없는 희망의 전쟁처럼
지갑에서 번호표를 꺼내보면
각자 주어진 번호표는
우주선이 되어 굉음처럼
하늘로 사라질 뿐이다.

모든 인생들은 각자
우주를 몸속에 지니고 살아가지만
내가 우주인지 아는 사람은
그리 많지 않으니

어쩌다 얻은 번호표
날아갈까 소중하게 품고
꿈에서나마 행운을 찾아보자.

빗방울이 멋대로 떨어진다면

순서를 정한 것도 아닌데
순차적으로 땅을 적시며 지나가는 빗줄기

빗방울이 지나가듯이
세상 순서대로 살아진다면
삶을 살아야 하는 이유 없고
이성을 잃은 채 삶을
헤매지도 않았을 거다.

빗방울 순서를 정한 것은 아니지만
땅은 항상 골고루 적셔졌으니

경쟁하며 사는 세상살이
감정을 앞세워 살아날지라도
빗방울 멋대로 떨어진 것만 못하고
쏟아지는 비 순식간에
도시를 삼켜버릴 수 있으니
멋대로 떨어진 빗줄기
나무랄 수도 없다.

시계가 낮 12시를 가리켜도
우리 몸은 밤 12시를 요구할지도 모르고
사회가 당신을 1등이라 몰아붙여도
우린 1등을 거부할 수도 있다

빗방울이 순차적으로 떨어진다고
과연 세상살이도 순리대로 살아질까
의문이 드는 대목이다.

헌책방

문지방이 낡아
얼마나 견딜까를 걱정해야 하는 곳
내가 이곳에 올 때는
꼭 누군가를 보고 싶어
오는 게 아니다

누런 세월의 향기와
누군가의 손에 잡혔던
손때의 향기를
맡을 수 있어
그냥 들려갈 뿐이다.

퀴퀴한 냄새 속에서
지난날 구할 수 없어 못 읽었던
아쉬움도 달래며
마구 던져진 책더미에
손때를 보태면서
흐뭇해지던 감각

누군가는 손에 땀이 나도록
놓지 않았을 보물이었겠고
또 누군가는 뜻 모를
낱말에 속태우며
인생 목마름에 불태웠던
야망이 아니었던가

책장에 변색되어 적혀진
詩 한 구절이 문득
마음 한구석을 찌른다
헌책방에서만이 누릴 수 있는 특권이다.

하루 속의 시간과 시간 속의 하루

생활 속에서 하루를 다투고
하루 속에서 시간을 다투면 무엇이 남을까
또 시간 속에서 분 초를 다퉈보면
허탈과 만족 중 남는 것은
과연 무엇이 될까

세월 속에서 남는 것은
하루가 다르게 변해가던 세상과
볼 때마다 변해가는 내 모습
정녕 초상화는 아닐 터
그래프 같은 몸의 변화로
무엇을 설명해야 하나

시간이 주위를 맴돌고
아픔은 몸 구석을 돌고 돌아
결국 만나게 되는 것은
일과 속의 시간과 기억들

옳고 그름을 컨트롤 하듯

쌓이고 덧씌워지는
세월의 누적 앞에
더 이상 설명이 필요한 것은
세월일까 시간일까 알고 싶다.

내 집은 어디인가

내 집이 아닌 것 같다.
나는 왜 여기서 집을 찾아야 하고
또 낯선 이곳에서 집을 잃었어야 하나
한 발만 내딛어도 끝날 것 같은
낭떠러지에서 집을 찾은 들
무엇을 얻을 건지도 모르겠다.

진정한 내 집은 어딜까
밟고 들어온 보도블록에서부터
발바닥으로 전달된 시멘트 촉감까지
모두 나를 괴롭힌 감각들뿐인데
집을 찾아들어 가는 과정에서
대가를 치러야 하니 답답하다

집 앞을 막아선 보안 키는
집 찾기의 첫걸음 인식의 장벽이고
일생일대의 양식을 팔아서
얻어낸 보안이었건만
무엇을 지켜낸 장벽이며

무엇을 얻어낸 인식의 끈이었던가

오래전부터 내 집이었는데
찾았어도 내 집이 아닌 것처럼
빌려 쓰고 있다는 인식뿐
치열하게 당첨된 사실은 잊혀가고
기쁨은 대출금에 얹혀
점점 무게를 더해 간다.

논리의 비약으로 잠시 오류가 생겨
내 집이 아닐 수도 있기에
불안한 마음 밖으로 나가
집 찾는다는 사명으로
진정한 내 집을 찾고 있다.

시간은 공평하지 않다

억울함은 공평함 속에서 자랐지만
공평한 억울함도 있는 법.

억울함이 공평함에 먹혀 자랄 때
평등과 정의는 억울함을 지배하며 자란다.

상처마다 번지며 드러난
얼음 위 물자국들은
뺌도 더함도 없이 퍼져
공평할 것 같지만
스며 천천히 다가옴으로써
오해도 낳고 불분명한 판결도 낳는다

하늘이 각자에게 내어준 공간과
인간에게 주어진 시간까지
비록 남은 시간 별로 없어도
다그친 시간의 여유라면
불공평은 각자에게 남겨진 미련

시간은 공평할 수도 없고
공평함은 시간일 수도 없다.
억울함을 역계산해서
주어진 보상들이
아무리 넉넉한들 작고
그 쓰임새를 찾았다 해도
베풀지도 소유하지도 못하니
그저 시간이 공평하지 않다는 것이다.

정의(正義)를 찾습니다

아무리 찾아봐도 없었습니다
같은 무리들끼리 의리를 찾아 헤매고
의리가 무리를 따라가니
진실이 사라진 겁니다.

처음부터 약속 따윈 없었습니다
물 건너가는 게 바로 空約이기 때문입니다
국민을 내세운 사람 이제까지
국민을 떠받든 적 없습니다
처음부터 국민이
내 안의 존재가
아니었기 때문입니다.

구성원들은 모래알
물에 넣으면 흩어지는
작은 모래알입니다.

정당이라는 끈기가 있어
콘크리트 반죽이라도 되어야

힘이라도 쓰는데
결국 그게 다입니다
굳으면 끝입니다
좋든 싫든 끝나는 겁니다.

이용가치와 효력이 다해
폐기처분이 되어야만
다시 국민의 이름으로 돌아와
동분서주하며 정의를 찾을 겁니다
그래서 정의가 뜬금없다 하는 것입니다.

영웅 단상(英雄 短想)

혼란한 세상은
누군가의 탄생을 기다리나니
英雄^{영웅}이든
梟雄^{효웅}이든
의지만 있다면
희생과 대가를 전제하지 않는다.

누군가 한 사람
세상 한가운데 서 있있고
바위처럼 세상 받히며
들불의 시대를 이끈
시대의 바람이면 어떤가

한 톨의 욕심도 없이
희생과 책무를 다하고
공정하게 경쟁하며
모든 게 내 것 아님을 깨달았을 때
진정한 영웅은 탄생하는 법

원한다고 영웅일 수 없으며
모든 걸 가졌다고
영웅이 될 수도 없다
역사가 그것을 증명한다.

 註) 英雄: 재능과 智力이 뛰어난 사람.
      梟雄: 사납고 용맹한 영웅.

도시의 참새 이야기

잠든 곳과 깨어난 곳이 다른
이 기막힌 참새의 변신은
술에 취해서가 아닌
생존에 관한 우리의 이야기다.

토악질로 남겨진 것으로 인한
도시 음식물 분배 건과
술 취한 인간에 의한
쓸쓸한 보고서일 뿐이다

아침 기지개를 켜고
공해를 마시며 깨어난 곳
보금자리의 순간 이동은
인간의 토악질로부터 시작된다

많은 밤들이 그들에 의해 달라진 게
어제 오늘만의 일이더냐
십자가처럼 세워진
전봇대 위에서

노을에 물든 도시를 보며
참새가 저녁을 맞이한 거라면
더욱 그랬을 것이다.

전봇대 위에서 깜빡 졸았을 뿐
비바람에 참새 보금자리가 날아갔어도
토악질의 많고 적음에
생존과 존폐가 좌우되듯
잠든 곳과 깨어난 곳의 다름은
치열했던 음식물 분배의 참새 생존기다

도시의 참새는 그렇게
아침을 시작하지만
술 취한 어느 도시인은
밤의 잠자리에서 심각성을 내포한다

그리고 인간의 잠자리는
필름 끊어진 기억의 순간 이동에 관한
보고서를 포함한다.

정치세태를 논함

이슈화에 목이 매인 세상
입만 열면 국민을 위한다는 말로 뒤덮인 세상인데
정책실험은 위험한
합법의 편법일 뿐
언제나 정곡은 비껴가고
이익을 위한 합의만이
정치적 논의 대상이 되는 세상이다.

제발 국민 앞에서 떳떳했음을 말하고
역사 앞에선 당당함만을 말하라
무엇이 국민을 위한 것이냐를 말하지 말고
국민이 무엇을 원하는가를 말하라
원할 때마다 나타나는
국민일 수는 없지 않은가

어둠과 어둠이 부딪혔을 때라도
정의는 팔아먹지 말아야 한다
불공정함을 핑계대지도 말고
적폐청산을 핑계대지도 말자

당신들의 정의가 그렇게 변해가고 있다

정의라는 잣대로 법치를 무시한 당신들
실로 적인가 동지인가를 묻고 싶다
자신에게는 절대 옹색지 말자
공정하고 정의로운 나라를 만든다고
당신 입으로 말하지 않았던가

옳고 그름만을 따지다 보면
진영 논리에 빠져든다
국민은 전쟁의 폐허 속에서도 살아남았고
이념 찬반의 혼돈 속에서도 살아남았다
이젠 멀리서 바라봐야 한다
정책이 더 좋은가 덜 좋은가를
먼저 따져보아야 한다
그래야 보이고 보인 만큼 볼 것이다.

내 한 표가 소중하다면
남의 표도 소중한 것

내 생각의 실현을
맡길 거라면 신중히 하자
그게 우리의 책무요 의무다
그래야 민주주의는 꽃을 피울 것이고
가짜 민주주의는 도태될 것이다.

제4부 풀꽃도 사랑이다

작은 풀꽃

볼수록 예뻐서
정신없이 꺾었네
두 손 가득 풀물이 들 때까지
아련한 그리움도
묻어 나왔네

애고, 두 손엔
산이 들고
눈에는 뜰녘이 들고
결국 부서지니
하늘이 오네

인생 가벼움이 필요한 이유

작은 풀꽃-2

밟히면 어쩌나
마른 풀에 가려진 작은 꽃
너는 어쩌다
이 큰 세상
작은 운명이었나

손바닥에 올려놓고
바람에 날아갈까
감싸 듯 쥐고
숨 불어 보다가
언뜻 꺾은 걸 후회하네

작은 풀꽃-3

잔인한 계절
제초 칼날아래 살아남았구나
키 작아 피했나
해맑은 모습
풀속에서 방긋

살아남은 이야기
풍요롭게 일생을 살찌우고
세월이 계승되듯
예쁜 색깔 선명했기에
나도 그만 방긋

작은 풀꽃-4

보면 볼수록 예쁘다 말하고
눈에 차면 찰수록 그립다 말하네

어디선가 숨어 있어서
풀숲에 내비칠까
살짝 들어난 얼굴

작을수록 예쁘고
볼수록 신비롭다네

작은 풀꽃-5

사진을 찍으려다
밟아버린 작은 풀꽃 하나
이를 어쩌나
하나뿐인 꽃송이
영정사진이 되었네

핸드폰에서
모든 꽃들이 지워지고
구름처럼 떠났는데
밟혔던 풀꽃사진
정녕 너는 내 운명이었나?

작은 풀꽃-6

흙바람이 불거든
강물도 때론
빗물이었으면 바랄 때가 있고
꽃밭이 넘치거든
때론 바람결에
꽃잎이 꿈이었음 한다

비현실의 현실화처럼
풀밭에서 만난
너와의 운명이
한낱 바뀔 수 없는 현실이었듯이
나는 풀밭을 뒤져서
너를 만나려 하네

작은 풀꽃-7

살아있는 모든 것들이
현실에서 삶의 질주를 벌일 때
은둔과 실용을 택해
장점을 강점으로 만든
너는 현명했어라

조심조심 낙엽 밟히는 소리에
쿵쾅뛰는 심장소리까지
꽃을 밟았을까
겁나서 들쳐보니
아직 살아있어 다행이다

작은 풀꽃-8

풀밭 밑에도
꽃피었을 거라 하기에
꼼꼼하게 살펴보았더니
짤없이 예쁜 꽃
머리 들고 피어 있네

예쁜 꽃 일생을 걸고
풀 속에서 숨어 자란 이유를 안 순간
나는 그제서야 세상 무서운
이치를 깨닫고
작은 꽃 다시 본다

작은 풀꽃-9

오묘한 세상
숨어 산다는 것이
꼭 은둔을 뜻하는 건 아니지만
치명적인 매력으로
삶을 사는 너

한 주기 계절로
모든 것을 완성해내듯
꽃 사진을 모으며
풀꽃 채집으로
일생을 기울인 나

작은 풀꽃-10

작은 풀꽃이
하얀 땅거미 집에 갇혔으니
누군들 촘촘한 그물을
좋아할 리 있으랴
허나 벗어날 수도 없구나

나 또한 집에 갇혔거늘
땅거미가 꽃을 감상할 리 없다
이건 분명한 테러다
거미줄 뜯어내니
예쁜 꽃이 보인다

작은 풀꽃-11

양지바른 곳
바람이 낙엽을 날려버리니
봄이 돌아온 듯
웃고 있던 풀꽃
아, 봄볕의 그리움이여

노곤해지는 따스함이
봄볕의 몽실몽실 향수처럼
내 안에서 눈 녹는 소리
종일토록 씨름하며
풀밭 봄잔치를 벌인다

작은 풀꽃-12

귀여운 참새 한 마리가
손바닥에서 부서진
과자를 먹기 위해
그렇게나 열심이었나
손에 쏙 들어왔다

풀꽃 마을에 놀러 온 참새
선명한 색깔로 피어난 대로
꽃대궁이 끄떡이니
참새도 인사를 한다

작은 풀꽃-13

욕심 때문에
작은 풀꽃을 밟았네

후회스러워 두 손을 움켜잡으니
꽃잎도 부서지네

작은 풀꽃 다시 보기 위해

이젠 풀숲을
까치발로 다니네

길 가의 동풍제일지(東風第一枝)

매화꽃 활짝 필 때를 맞춰
아스팔트 경계석까지
냇물처럼 흘러내릴것 같은 꽃잎들
거기까지가 매화꽃

梅妻鶴子^{매처학자}는 옛말
어찌하여 황사 미세먼지 매연에 침묵인가
하루살이꽃으로 전락해 살아가는
雪中梅^{설중매}도 그럴진데
문득 손을 들어 뻗으니
東風第一枝 매화꽃에
손이 더러워진다.

어찌하랴,
마음은 형언할 수가 없고
疏影暗香^{소영암향}이었는데
정체성은 없어지고
매실 가치로 인해
탐내는 사람만 기웃거린다.

* 註) 梅妻鶴子: 매화 같은 처자, 학 같은 자식.
* 東風第一枝: 동쪽을 향해 뻗은 제일 긴 가지.
* 疏影暗香: 그림자 어른거리고, 향기는 숨는다.

봄이 온다는 것은

기다림 때문에
봄이 왔다고 말하기에는
너무 흔한 말이다

오는 듯 마는 듯
양지바른 언덕 덤불숲 속
돋아난 냉이처럼
봄은 그렇게 온다

바람을 밀고 온
투쟁이라 말하고도 싶다.
겨울 삭풍에 움츠러든
가치를 찾는 투사의 모습처럼
본능을 일깨우고
봄의 질서에
불을 지폈기 때문이다

풍무질하던 匠人^{장인}이
무두 쇠 담금질을 할 제

손이 닿지 않는 곳으로
가려움이 오는 것처럼
봄은 음모로 기획된
어떤 꽃의 절망이라 말하고 싶다.

꽃의 4.19는 길다

꽃들은 저마다 옳아
드러나면서도 우열을 가릴 수 없고
나뭇잎은 저마다 색이 짙어
다시 칠할 필요도 없다.

꽃잎이 떨어지고 죽음이 오면
계절인들 감당할 수 있을까마는
그도 스쳐 가는 바람일 테니
다시 오는 꽃의 계절은
더 잔인할지도 모른다.

무게를 잴 수 없는
꽃향기에 비하면
바람은 그저 그 위를 스쳐 가는 심판일 뿐
할 일이 정해져 있는 것처럼
생명들이 죽고 사는데
봄의 투쟁을 위해 꽃잎은
스스로에게 4.19를 묻고 있다.

추락한 꽃 위로
또 떨어지는 꽃잎
꽃의 민주화는 아직도 오지 않았는데
烈士처럼 먼저 피고 떨어진 꽃을
우리는 왜 4.19정신을 계승한
민주화의 꽃이라 불렀던가
진정한 계절의 변화는
아직 오지도 않았는데 말이다.

나는 창밖의 봄을 좋아합니다

꽃병이 차지한 햇살은
봄을 잃을까 봐
창문만 달그락거리고

햇살에 손이 닿기 전
서랍에서 펼쳐진 詩集에서
낙엽이라도 떨어지면

봄은 오히려
가슴에 갇혀 슬퍼집니다.

햇살로 인해 들어온 봄
나는 창밖의 봄을 좋아합니다

사랑을 몰랐던 시절
첫사랑의 향기처럼
봄은 늘 그렇게 왔겠지만

손때 묻은 그리움처럼

봄이 와야 할 자리
꽃병을 치우며
나는 그저 창밖의 봄을 좋아할 뿐입니다.

봄비는 다이아몬드처럼

봄비는 커팅된 10캐럿짜리
물방울다이아몬드다.

죽은 나무에도 다이아몬드를 거는
봄비의 용기에 찬사를 보내고 싶다

꽃 한 송이의 가치에 억만금을 주고
물 한 방울에 천만금의 가치를 부여하며
하늘은 그 흔한 물의 가치에도
희망과 절망을 끌어들이며
감동과 진실의 의미를 부여해 왔다

계절의 가치가
여실히 드러날 때는 꽃 필 무렵이다.
다이아몬드를 목에 걸고
밤새 꽃은 피어 웃는데
나무잎 덩달아 피어나니
봄비를 기다릴 수 밖에 없구나

그 흔한 꽃송이들이
왜 봄비에 젖어 살아가야 하는지를
깨닫고 나서야 우리는
나뭇잎을 위해서
여행을 떠날 수 있고

봄비를 맞으며
품격의 여유를 찾아 떠나는 것이
다이아몬드 여행의 가치이기에
봄비는 강력한 경쟁력으로
스스로 커져 가는 것이다.

진정한 이유

지형에 맞춰 자란 나무는 늘
햇볕이 따라다니고

나무에 맞춰 자란 풀들은 늘
햇살을 구걸한다

햇살은 사랑을 골고루 나누려
높은 곳에 있지만 나뭇잎은 아랑곳 않고
손을 펼쳐 독점을 한다

그게 바람이 나뭇잎을
흔들어 제끼는 진정한 이유다.

물은 지형에 따라 흐르지만
사랑하는 바위를 만나면 돌아가고

비는 구름을 쫓아다니지만
사랑하는 큰 산을 만나면 멈춰 선다

사랑했던 한이 사무칠수록
장마는 길어지고 물살은 거칠어지니

그게 사랑하는 것을 잃었을 때
날씨가 거칠어지는 진정한 이유다.

분재(盆載) 앞에서

1. 松
소나무는 굽은 채
有心을 드러내고
寒靑^{한청}은 짙게 드러나
스스로 不改容^{불개용}하니
세상 바로잡으려 함이고
하늘이 냄이라.

2. 竹
바람에 紛香^{분향}은 짙고
뻗어간 잔가지는 하늘을 가른다
세상 알아주지 못해도
자신이 스스럼없이
휘는 듯 강철이니
가히 땅이 낸 칼날일세.

3. 蘭
깊은 곳에서 고이 자라
자신을 성찰하며

萬人을 흔들 만큼 향기를 내는 꽃
험할수록 자신을 다스려
世外美人^{세외미인}이 되니
몸가짐도 고고하다.

4. 菊
국화는 피어나서
마음속에 고귀함을 심고
가을 가치를 드높이니
陶菊^{도국}인들 菊有芳^{국유방}을 모를까
시대는 군자의 마음
지금과 무엇이 다르겠느냐.

* 註) 有心: 禮記에 "松柏如有心"이라 했다.

* 寒靑: 徐鉉의 詩에 "…寒靑은 雪後濃"이라 했음(…푸르름
은 눈 온 후에 더욱 짙어진다).

* 松寒不改容: 이백의 詩. "…松寒不改容이라(…솔은 추위
에도 그 빛을 고치지 않는다)".

* 紛香: 대나무 줄기에 묻어있는 하얀 가루 냄새.

* 陶菊: 중국의 시인 도연명이 국화를 좋아했다는 데서 유래
한 애칭.

* 菊有芳: 한무제의 秋風辭에 "蘭有秀兮菊有芳(난은 빼어
남이 있고, 국화는 풍만한 아름다움이 있다.)"라 했음.

나무와 사람의 관계

나뭇잎은 하나같이 주인을 위해
죽음을 아낀 적 없고

사람은 하나같이 서로의 공존을 위해
자신을 희생할 줄도 안다.

그래서 나무와 인간의 삶은
죽음 앞에 있어선 동반자적 관계다.

살아가야 하는 이유를
꼭 알고 살아야 하는 것이
삶의 전부가 아니듯

그 이유를 알기 위해선
적어도 우리가 살아있음을
먼저 깨달아야 한다.

우주로 날아간 메시지의 답을
우리 생전에 받아볼 수 없다는 것을

감각적으로 아는 것처럼

동반자로 나무를 택했음은
알든 모르든 적어도
미래지향임을 아는 것이다.

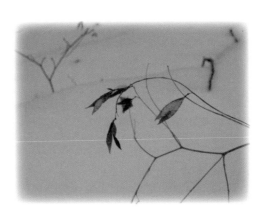

강물은 추억을 잊기 위해서 흐른다

逆流역류를 토하듯 쏟아내는
소용돌이 앞에서
바람도 무기력했다
개울물에 떠밀려 가는
자신이 두려워 내내 웅웅거렸던 거다

땅에 묻혔던 한 방울의 물이
거대한 강물이 되기까지
수없이 굽이치고
멈췄다를 반복하며
고난의 여정을 겪으며

강물은 그렇게
골짜기를 굽이쳐왔건만
모순투성이 수중보에 갇혀
歷程역정을 되돌아보니
지나온 길도 밉다.

堡보 앞에선 逆流세파가 일고

심연에선 물살이 운다
누구도 빠져나갈 수 없는
소용돌이 앞에서 강물은
멈추고 싶었으리라

생의 처음을
골짜기에서 시작했던 만큼
강물은 개울로 골짜기로
되돌아가기를 꿈꿔왔고

世波에 거칠어진 강물은
이젠 수몰된 고향의 이야기를
잊기 위해 흘러간다.

도시 스케치

겨울 스케치처럼
세상이 온통 하얀 도화지면 어떤가?
도시에 남은 구석구석
찌든 공해를 씻어낸 눈이
도시를 그려냈으니
목탄 스케치면 또 어떤가?

도시가 녹아내리고
도로에는 악어의 눈물처럼
검은 눈물로 가득하니
봄이라고 하기엔 일러서
외투를 껴입고 집을 나선다.

나무에서 흘린 눈물
연인들 이별의 눈물이라는데
건물 꼭대기에 매달린
맑은 고드름의 영악함은
도시의 눈물이었나

햇살 내비치던 날
잔설의 의미는
고드름으로 잊혀가고
뛰어 사라져 가는 아이들처럼
건물에 가려 사라지는
우리의 겨울은
목탄 스케치였다.

눈 오는 날 마당을 쓸다

바닥에 쌓인 눈을 쓸기 위해
빗자루는 들었으나
플라스틱 빗자루에
오히려 눈이 쓸려 엉킨다.

비록 눈은 쓸리지 않았더라도
가다가 멈추지는 마라
아니함만 못하리니
하늘이 우리에게 눈을 보낸 것은
부지런한가를 시험하기 위해서다

말이 안 되는 이유로
하늘이 쓸려버릴지라도
진리가 내재된 것처럼 보인
빗자루에 모든 걸
걸지 말라는 뜻이다

눈발은 계속 쏟아지는데
무엇이 하얀 것이고

무엇이 검은 것인가
쓸고 난 아스팔트 마당에
다시 내리는 하얀 눈
마음의 흑백이 드러난다

결국 강요된 마음으로
빗자루는 들고 말았지만
엄청 쏟아지는 눈처럼
마음의 눈이 먼저 쌓일 거라면
지금이라도 마음의 색깔을
검게 바꾸고도 싶다.

꽃의 자유

절실한 봄의 계절에
작은 상처를 돋우며 피어난 꽃은
계절이 이뤄낸
희생의 걸작품이고

시련까지 사라지게한 꽃잎은
계절을 희생한
마술같은 생존이며
생존의 품격이다.

겨울이라는 절박한 순간에
모든 걸 감춰뒀다가
생각지도 못한 색깔로
凍土의 절망을 찢고
색종이처럼 핀
반항같은 꽃의 생존은
그래서 자유다.

자유란 방임이 아니며
부족한듯 넘쳐나는
스스로의 말미암인데

방종도 아니며
의무로 무장된 해방이었기에
꽃의 자유는 불현듯 찾아온
생존의 품격인 것이다.

단풍이 나를 물들이고

단풍이 수줍다고
어찌 온 산을 물들였겠는가?
나무들도 색깔을 뽐내며
차츰 미쳐간다는데

나뭇잎 죽어 산을 물들이고
산은 나무로 인해 불꽃이 되니
계절이 불을 지폈나 싶다

발걸음 내딛어 단풍을 보면
내 마음도 소용돌이쳐
앞으로 나갈 수 없고

바위에 붙은 단풍잎처럼
나도 물들어 산을 불붙이니

산인들 알았으랴
가을 녘에 내가
술 취해 물든 단풍일 줄을…